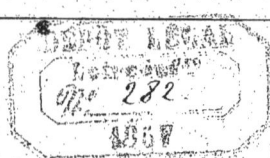

LES

FILLES DE L'ERDRE

POÉSIES

PAR

ÉMILE ARON

(DE COMMERCY.)

Membre de la Société académique de Nantes.

PARIS,
E. DENTU, LIBRAIRE,
Galerie vitrée
DU PALAIS ROYAL.

NANTES,
And GUÉRAUD ET Cie,
Imprimerie-Librairie
DU PASSAGE BOUCHAUD.

1857.

LES
FILLES DE L'ERDRE

POÉSIES

PAR

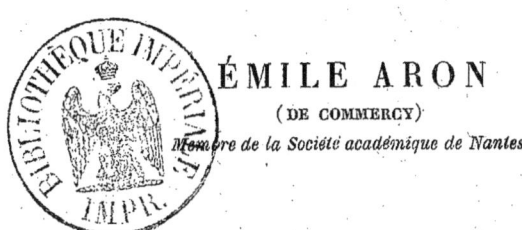

ÉMILE ARON

(DE COMMERCY)

Membre de la Société académique de Nantes.

PARIS,
E. DENTU, LIBRAIRE,
Galerie vitrée
DU PALAIS ROYAL.

NANTES,
A^nd GUÉRAUD ET Cie,
Imprimerie-Librairie
DU PASSAGE BOUCHAUD

1857.

I

A MA MÈRE.

Je bénis le Ciel chaque jour
D'être ton fils, ô sainte femme!
Mon cœur est ici-bas l'âme de mon amour;
Toi, l'amour de mon âme!

Nantes, 1855.

———

II

LE BONHEUR.

—

A MADEMOISELLE L. F.

—

Pour trouver le bonheur sur cet orbe profane,
Enfant, fuyez le monde et ses plaisirs impurs;
Au sein des bals bruyants l'illusion se fane,
  Et le cœur, flambeau diaphane,
S'éteint, puis nous enchaîne en des sentiers obscurs.

Pour trouver le bonheur, regardez sur la terre
Ce mortel accablé sous le faix des douleurs :
Parmi tous les humains il gémit solitaire,
  Et contre le mal qui l'altère,
Il n'a pour résister que soupirs et que pleurs !

Oui! regardez le pauvre et laissez la richesse
De moire et de bijoux farder sa vanité !

Visitez la misère, et la pure sagesse
    Viendra chasser votre tristesse,
Comme doit venir Dieu chasser l'impureté!

Enfant! sachez toujours vous suffire à vous-même;
Comparez votre sort aux plus obscurs destins;
De la simplicité portez le diadème,
    Et remplissez pour qui vous aime
D'une onde de cristal la coupe des festins!

Le bonheur est tantôt une vaine fumée
Qui s'échappe de l'âme et s'enfuit dans les airs;
Tantôt de nos tourments c'est une ombre exhumée,
    Dont chaque trace parfumée
Nous séduit, nous entraîne et nous forge des fers;

Tantôt c'est un archange, au ravissant sourire,
Qui nous couvre de l'aile et garde tous nos pas;
Nous voulons le saisir : il s'envole, il expire....
    Ainsi qu'un doux son de la lyre,
Ou tel qu'une existence au souffle du trépas!

Le bonheur, c'est le but, c'est l'âme de la vie;
C'est le rêve éternel des générations!

Pour moi, c'est un espoir; pour vous, c'est une envie
    Que je voudrais voir assouvie,
Mais qui ne peut régner sur vos illusions!

Quand vous aurez erré longtemps encor peut-être
Sur ce sol de vivants où l'égoïsme est roi;
Quand vous aurez compris pourquoi Dieu vous fit naître,
    Et pourquoi le sort, ce grand maître,
Fit courber votre front sous son auguste loi;

Quand de tous les effets vous aurez vu la cause;
Quand vous aurez jugé, bien jugé les mortels;
Quand vous aurez des jours vu s'effeuiller la rose,
    Et reconnu qu'en toute chose
Le néant nous arrache un don pour ses autels:

Alors souvenez-vous des conseils du poëte;
Et, de votre passé sondant la profondeur,
Dites-vous que lui seul, esprit que rien n'arrête,
    Vous avait prédit la tempête
Et montré le chemin qui conduit au bonheur!

Nantes, 1855.

III

LA NOUVELLE ANNÉE.

Puisque la cruelle Insomnie
Retient mon esprit dans ses fers,
Permets, permets, ô mon génie!
Permets à ta sœur l'Harmonie
De parfumer mes tristes vers!

C'est l'heure où la mourante année
Voit le temps, ce fleuve hautain,
Noyer dans sa course inclinée
La faible et plaintive journée
Qui doit terminer son destin.

Et c'est l'heure où vient d'apparaître,
Comme un rassurant arc-en-ciel,
L'ère à qui nous devrons peut-être
Le bonheur de t'avoir vu naître,
Délicieux âge de miel!

Il est minuit! j'entends encore
L'écho grondeur des douze sons
Que l'airain, de sa voix sonore,
Vient tour à tour de faire éclore,
Pour nous dire que nous passons!...

Il est minuit! par le silence
L'écho semble être remplacé?...
Oui! tout à fui!... tout recommence!...
L'âme à s'abreuver d'espérance,
Le cœur à pleurer le passé!

Chaque journée est une feuille,
Et chaque année est une fleur....
Une fleur que le présent cueille
Et que l'avenir, las! effeuille
Ainsi qu'un objet sans valeur!

Tout ce qui naît s'altère et passe :
Après l'aurore, le matin ;
Après l'été, l'hiver qui glace ;
Après la faveur, la disgrâce ;
Après l'incertain, le certain !...

Mais de la cruelle Insomnie
Mon sombre esprit brise les fers ;
Dormez, dormez, ô mon génie !
Et vous, immortelle Harmonie,
Allez parfumer d'autres vers !

Nantes, 1855.

2

IV

LA MER LE SOIR.

J'aime la mer le soir, à l'heure où le silence,
Cet hôte du sépulcre, apparaît ici-bas;
A l'heure où vers le ciel la prière s'élance,
Comme l'âme du juste au souffle du trépas!

J'aime la mer le soir, à l'heure où la misère
Dans leur froid galetas relègue ses enfants;
A l'heure où ceux qu'on dit les heureux de la terre
Vont promener au bal leurs regards triomphants!

Le soir, ô vaste mer! debout sur ton rivage,
J'explique mon néant par ton immensité,
Et, comme le roseau qu'incline un vent d'orage,
Je courbe le genou devant ta majesté!

Marseille, 1854.

V

LE CIVILISATEUR.

A LAMARTINE.

Au nom de l'innocence et de la vérité;
Au nom des saints martyrs de la mère patrie;
Au nom de la justice et de l'humanité :
    Merci, merci, plume chérie!

Lamartine, il est grand, il est noble, il est beau,
Après avoir chanté pour les heureux du monde,
De doter l'indigent d'un céleste flambeau
    Qui change en jour sa nuit profonde!

Le *Civilisateur,* comme un tiède printemps,
Après qu'eut retenti l'heure de sa naissance,
Vit de son pur soleil les rayons éclatants
    Dorer les esprits de la France!

Ici, c'est Jeanne d'Arc, des champs de Vaucouleurs
Apportant à son roi son pouvoir d'inspirée,
Et des Orléanais venant changer les pleurs
    En espérance inespérée;

C'est Jeanne d'Arc fixant la frêle Royauté
Sur le roc de l'honneur et du patriotisme,
Et, nouvelle Cérès, semant la liberté
    Sur le limon du despotisme!

C'est Jeanne d'Arc montrant jusqu'à son dernier jour
Comment peut s'élever un cœur de vierge sainte :
Ange, soldat, martyre et femme tour à tour,
    Voyant venir la mort sans crainte!

Là, c'est de Crythéis l'illégitime fruit,
C'est l'aveugle de Chio, c'est le divin Homère
Racontant aux enfants de nos villes de bruit
    L'histoire de sa vie amère!

C'est Bernard Palissy, l'ingénieux potier;
C'est Christophe Colomb, le moderne Moïse,
Sur l'abîme des mers frayant l'obscur sentier
    De la terre au monde promise.

C'est Cicéron, le noble et puissant orateur,
Le défenseur des lois, le patriote austère;
C'est le grand Gutenberg, l'esprit révélateur,
    Le sauveur qu'attendait la terre!

Partout, c'est le parfum des générations,
L'honneur des temps passés, l'essence du génie;
C'est l'homme, astre immortel qui laisse aux nations
    L'éclat de sa clarté bénie!

Au nom de l'innocence et de la vérité;
Au nom des saints martyrs de la mère-patrie;
Au nom de la justice et de l'humanité :
    Merci, merci, plume chérie!

Nantes, 1855.

VI

A MADAME A. C.

La Créature en expirant soupire : .
Ne cherchez pas pourquoi gémit la lyre...
Les Dieux s'en vont !
(Mme Amable TASTU).

I

Puisque d'un frère aimé l'ardeur trop indiscrète
A placé sous vos yeux mes essais de poëte,
        Mes premières douleurs;
Puisque vous connaissez de mon adolescence
Les rêves avortés, trop volatile essence
        De soupirs et de pleurs !

Puisque vous n'ignorez de ma lyre éphémère
Ni les hymnes à Dieu, ni les chants à ma mère,
        Ce flambeau de mes jours;

Ni les remercîments à l'amitié qui veille;
Ni les notes d'espoir au malheur, dont l'oreille
      Sait écouter toujours!

Puisque vous avez vu, pauvres feuilles fanées,
Choir les illusions de mes jeunes années,
      Funèbres arbrisseaux;
Et grossir mes tourments, comme grossit la source
Quand le hasard lui fait rencontrer dans sa course
      Un essaim de ruisseaux;

Puisque vous savez bien que la haine et l'envie
N'ont jamais obscurci les pages de ma vie,
      Les rayons de mon cœur!
Que je fus triste, hélas! en voyant ceux que j'aime
Épuiser ici-bas de la douleur extrême
      La funeste liqueur!

Pourquoi, dites, pourquoi me reprocher, Madame,
Les tableaux où j'ai peint les chagrins de mon âme
      Avec fidélité;
Pourquoi, dans votre épître où la grâce rayonne,
Me blâmer si j'osai me faire une couronne
      De mon adversité?

Ah! n'ai-je pas toujours ressenti de la joie
Lorsque m'apparaissait sous la bure ou la soie
  Un cœur digne des cieux?
Et doit-on m'en vouloir si, pauvre créature,
J'ai flétri quelquefois de l'humaine nature
  Les membres vicieux?

II

Quand régnait l'âge d'or, la douce Poésie
Exhalait un parfum de miel et d'ambroisie
  De ses divins accents;
Souffle des Immortels, puissance salutaire,
Sa généreuse voix des êtres de la terre
  Charmait l'âme et les sens!

Mais quand l'âge d'airain eut enfanté ses crimes;
Quand le froid despotisme eut couvert de victimes
  Ce globe vierge encor;
Quand la corruption, devenant générale,
Eut de l'Être suprême altéré la morale,
  Ineffable trésor;

Alors, d'un noir linceul Satan couvrit la lyre :
Plus de tendres accords, plus de chaste délire,
Plus d'esprits inspirés!
Plus rien qui rappelât l'innocence première,
Et qui fît regretter les rayons de lumière
Avant l'heure expirés!...

Plus rien.... que Jéhovah donnant à ses prophètes
L'ordre d'aller troubler dans leurs jeux, dans leurs fêtes,
Les coupables humains;
De cultiver l'amour sur le sol de la crainte;
D'apparaître, instruments de sa volonté sainte,
L'avenir dans leurs mains!

Puis, même du Seigneur les élus s'éteignirent;
De l'océan des jours les vagues atteignirent
Jusqu'au dernier d'entre eux;
L'herbe ravit aux yeux la trace de leur tombe,
Et l'oubli, près des bords de son gouffre où tout tombe,
Enregistra leurs vœux!

Ce fut en ce moment que naquit le Messie :
Le monde, pour sortir des bras de l'inertie,
Avait besoin de lui;

Car, dès longtemps, hélas! la foi n'avait plus d'âme,
Le cœur plus d'amour pur, la vertu plus de flamme,
    Le malheur plus d'appui!

Il fallait un esprit dont la seule présence
Fît tressaillir le vice et rendît leur puissance
    Aux autels profanés;
Qui rappelât du Ciel la vérité proscrite;
Qui divulguât le sens de la parole écrite
    Aux peuples consternés!

Il fallait un Sauveur! Il vint!... son Évangile
Renversa le veau d'or et tous les dieux d'argile
    Par l'erreur inventés!
Il vint!... et, d'Israël premier martyr sublime,
Arrosa de son sang la future Solyme,
    Foyer d'iniquités!

III

Or, depuis que sa vie a parfumé la terre;
Depuis que ses amis, sous l'aile du mystère,
    Ont publié ses lois;

Depuis que de son règne a retenti l'aurore,
Et que, lassé d'Ammon, l'homme à genoux adore
      Sa glorieuse Croix :

Dix-huit siècles ont fui, géants ou nains difformes,
Imposant tour à tour leurs désirs, leurs réformes
      Aux générations.
Celui-ci fut cruel, sanguinaire et barbare;
Celui-là fut craintif, religieux, avare
      De grandes actions;

Celui-ci prétendit, ignorant et sauvage,
Semer la liberté sur un sol d'esclavage,
      Vierge encor de moissons;
Celui-là d'un vain nom décora la noblesse,
Enchaîna sa valeur, prépara sa faiblesse
      Par d'absurdes leçons;

L'un, voulant satisfaire à l'Église latine,
Essaya d'arracher l'ingrate Palestine
      Aux fils de Mahomet;
L'autre donna naissance à la Chevalerie,
Et vit ses troubadours de la flagornerie
      Atteindre le sommet;

Tel enfanta Colomb, pour découvrir un monde ;
Gutenberg, pour trouver dans sa tête féconde
      L'avenir des mortels ;
Tel vit avec Luther et le Protestantisme
Les crimes inouïs dont l'affreux Fanatisme
      Souilla les saints autels !

Tel, éclairant les fleurs de la littérature,
Produisit les bienfaits qu'engendre la culture
      De l'esprit et du cœur ;
Tel, autour du pouvoir accumulant les haines,
Vit un peuple, vaincu par le poids de ses chaînes,
      Se relever vainqueur !...

IV

Dix-huit siècles ont fui, comme la matinée
Du jour qui doit finir l'étrange destinée
      De ce vaste univers ;
Et notre époque est celle où, dégagé de voiles,
Le beau ciel du progrès montre de ses étoiles
      Les systèmes divers !

Faut-il que des humains l'impalpable pensée
Passe d'un pôle à l'autre, exactement tracée,
   Sans le secours du temps?
Faut-il qu'un froid métal, qu'une inerte matière
Vienne former le corps d'une machine altière
   Aux membres palpitants?

Aussitôt, la vapeur et la pile électrique
Sont là pour révéler leur puissance magique
   Et leur sublimité;
Pour obéir aux lois qu'impose le génie,
En exerçant sur nous l'utile tyrannie
   De leur activité !

Mais faut-il, ici-bas, que la Charité règne;
Faut-il que la fortune offre son or et craigne
   D'oublier le malheur;
Faut-il que la foi pure et la douce espérance
Cherchent à remplacer la morne indifférence
   Au lit de la douleur;

Faut-il que la vertu fasse rougir le vice;
Faut-il que la raison chasse de l'injustice
   Les dangereux amants;

Faut-il des passions soulager les victimes,
Et suivre enfin de Dieu les suprêmes maximes,
      Les saints commandements ?

Notre âge de progrès, qui donne à l'industrie
La terre et ses trésors pour trône et pour patrie,
      Pour gloire l'avenir;
Notre âge souverain, notre âge de miracles
Appelle en vain des voix, des flambeaux, des oracles,
      Et ne voit rien venir!...

V

C'est que nous nous bornons, insensés que nous sommes,
A ne voir, ne juger, n'admirer des grands hommes
      Que les inventions;
Comme si notre esprit, dont l'œuvre est de produire,
Sans le secours du cœur était apte à conduire
      Les générations!

C'est que du sentiment les lyres sont muettes;
C'est que nous n'avons pas d'assez puissants poëtes,
      Pas d'êtres assez purs

Pour combattre avec fruit le matérialisme,
En osant refouler l'erreur et l'égoïsme
Vers leurs antres obscurs !

VI

Moi qui suis un enfant dont le cœur est de flamme,
Mais dont l'esprit, hélas! vous le savez, Madame,
Est loin d'être brillant :
Je ne puis que donner mes pleurs aux misérables,
Mes louanges au bien, mon mépris aux coupables,
Mon estime au talent!...

Ne m'en veuillez donc pas si, pauvre créature,
J'ai flétri quelquefois de l'humaine nature
Les membres vicieux;
Ah! ne m'en veuillez pas, car, enivré de joie,
J'ai toujours accueilli sous la bure ou la soie
Tout être aimé des Cieux!

Nantes, 1856.

VII

PRIÈRE.

Mon Dieu, seul confident de ma douleur amère,
De mes affections frappez les oppresseurs :
Couvrez de votre égide et mon père et ma mère,
Conservez sous vos yeux mes frères et mes sœurs ;
Observez ceux que j'aime, et si la sombre Envie
      Venait empoisonner leur vie,
Préservez-les, Seigneur ! et ranimez en eux
L'étincelle du bien : vous me rendrez heureux !

Nantes, 1854.

VIII

ADIEU POITIERS!

I

Pendant que mes amis au verger de la vie
Savourent les doux fruits de la félicité;
Que l'un de voyager satisfait son envie,
Que l'autre dans l'amour cherche la volupté;
Que tel dévore au bal l'heure où chacun sommeille,
Et prodigue au repos l'instant où chacun veille;
Que tel autre à chanter consacre ses loisirs;
Que tous, la coupe en main, s'enivrent de plaisirs:
Moi, le cœur gros d'ennuis, tristement je m'avance
Vers la route qui doit me conduire en Provence.

II

Laisser par le devoir enchaîner son bonheur,
Ainsi qu'un fier tyran enchaîne un pauvre esclave;
Par la nécessité, démon que nul ne brave,
Voir faucher l'amitié quand va naître sa fleur;
Et se taire, et partir, et n'avoir que des larmes
Pour prouver mes regrets à l'objet de mes charmes;
Et n'avoir qu'un regard pour quitter les doux lieux
Témoins de nos soupirs, confidents de nos vœux!

III

Adieu, Poitiers, adieu, colline bien-aimée
Où j'ai pendant deux ans savouré le repos;
Adieu, parc enchanteur, muse de mes travaux,
Blossac, où si souvent, par le marbre animée,
J'ai cru voir s'élever, sur un haut piédestal,
L'image d'un mortel généreux et loyal
Qui, se dessaisissant de sa fortune entière,
En couronna le peuple. Adieu, rives du Clain,
Prés émaillés de fleurs où la génisse altière

Vient brouter l'herbe tendre. Adieu, séjour divin
Où je dormais en paix, où je veillais sans peine;
Où j'avais des amis, où j'avais une reine;
Où j'avais tout, hélas! doux présent, avenir;
Où je vivais d'amour, d'espoir, de souvenir.
Adieu; bien loin de toi je vais goûter la vie :
Adieu, mon vrai bonheur; adieu, ma seule envie!

1854.

IX

A MONSIEUR DESCHAMPS.

O vous que l'amitié voulut, dans sa bonté,
Nous donner pour soutien, pour ange tutélaire;
Vous, dont le noble cœur, trésor de charité,
Calma de notre sort l'implacable colère :

Ami, permettez-moi de vous laisser ici
La vive expression de ma reconnaissance,
Et, barde voyageur, de vous dire : Merci!
Avant de fuir Paris et sa bruyante essence.

Je pars! le souvenir que j'emporte de vous
Parfumera toujours mon existence amère.
De vous voir chaque jour j'aurais été jaloux,
Si la nécessité n'était qu'une chimère!...

Paris, 1854.

X

J'AI VINGT-CINQ ANS!

Dieu d'Israël, protégez mon délire;
Guidez mes pas, jusqu'à ce jour errants;
Purifiez les accords de ma lyre :
      J'ai vingt-cinq ans!

Assez, je crois, la plaintive Élégie
Fit respirer ses parfums à mes chants;
A mon secours envoyez l'énergie :
      J'ai vingt-cinq ans!

Je dois flétrir ceux que le crime encense;
Je dois au cœur frapper tous les méchants;
Je dois du temple exiler la Licence :
      J'ai vingt-cinq ans!

Je dois crier, pour que chacun m'entende :
Honte à celui qui suit de vils penchants ;
Honte à celui qui sans besoin demande :
        J'ai vingt-cinq ans !

Honte à l'envie et honte à l'avarice ;
Honte à l'orgueil, aux regards triomphants ;
Honte à l'esprit qui permet l'injustice :
        J'ai vingt-cinq ans !

Honte à celui qui, vaincu par l'ivresse,
Souille de fange et son âme et ses sens ;
Honte à celui que l'impudeur caresse :
        J'ai vingt-cinq ans !

Je dois chanter l'honneur de ma patrie,
Sur ses destins moduler mes accents ;
Couvrir de fleurs sa liberté chérie :
        J'ai vingt-cinq ans !

Je dois chanter aux mânes des victimes
L'hymne de gloire et de regrets touchants ;
L'hymne d'amour aux dévouements sublimes :
        J'ai vingt-cinq ans !

J'ai vingt-cinq ans! protégez mon délire,
Dieu d'Israël, guidez mes pas errants;
Purifiez les accords de ma lyre :
      J'ai vingt-cinq ans!

Nantes, 1855.

TABLE DES MATIÈRES.

Page

I.   — A ma Mère. 3

II.   — Le Bonheur. 4

III.   — La nouvelle Année. 7

IV.   — La Mer le soir. 10

V.   — Le Civilisateur. 11

VI.   — A Madame A. C. 14

VII.   — Prière. 24

VIII. — Adieu Poitiers ! 25

IX.   — A Monsieur Deschamps. 28

X.   — J'ai vingt-cinq ans ! 29

Nantes, Imprimerie A^{nd} GUÉRAUD et Cie, rue Basse-du-Château, 6.

DU MÊME AUTEUR :

Poésies philosophiques, morales et religieuses,
  un vol. in-8°. Prix. 2ᶠ,50

La Mort d'Emilie de Metz, poésie. . . . . . »ᶠ,50

Les Tourangelles, poésies. . . . . »ᶠ,50

Les Derniers Chants d'un Printemps, poésies. »ᶠ,50

DU MÊME AUTEUR, PAROLES ET MUSIQUE :

1. *A qui je rêve?* romance. Prix. . . . . 2ᶠ,» »
2. *L'Exil d'un Fils,* romance. . . . . 2ᶠ,» »
3. *Les Fleurs du Souvenir,* romance. . . . . . 2ᶠ,» »
4. *La Charité,* romance. . . . . 2ᶠ,» »
5. *Le Travailleur,* romance. . . . . 2ᶠ,» »
6. *Pourquoi je pleure!* romance. . . . . 2ᶠ,» »
7. *Le Fléau de Dieu,* à-propos. . . . . 2ᶠ,» »
8. *La Pitié,* romance. . . . . 2ᶠ,» »

 Nantes, Imprimerie Aᵈ GUÉRAUD et Cⁱᵉ, rue Basse-du-Château, 6.